Loi numéro 49 956 du 16 juillet 1949 sur les publications
destinées à la jeunesse : janvier 1992
Dépôt légal : mars 2006
Imprimé en France par Aubin Imprimeur à Poitiers

MIREILLE D'ALLANCÉ

C'est l'heure de dormir

lutin poche de l'école des loisirs
11, rue de Sèvres, Paris 6e

La nuit est tombée. Tout est calme et silencieux. Mais qui veille encore là-bas?

C'est Marion à l'œil tout rond. Sa maman l'a bordée, embrassée. Elle lui a même raconté une histoire. Puis, elle est descendue au salon. Mais Marion ne dort pas; elle farfouille dans ses coussins:
– Où est passé Nounours? Sans lui je ne vais pas fermer l'œil.

– Ah, te voilà, Nounours! Qu'est-ce que tu fabriques dans mes tiroirs?
– Je cherche mes lunettes, mille ruches à miel! Je veux finir mon livre.
– Et moi alors? Il faut quand même que je dorme. Je vais aller voir le Marchand de sable.

Marion se lève et regarde par la fenêtre. Peut-être apercevra-t-elle le Marchand de sable au loin. En poussant les rideaux, elle réveille les deux compères Corbeaux.

– Pardon Messieurs, savez-vous quand passe le Marchand de sable ?

– Il va passer quand tu seras au lit, allez petite, va vite te coucher.

– Mais je ne peux pas dormir toute seule...

– Alors demande à Sophie de dormir avec toi.

– Tiens, c'est une bonne idée.

Marion trouve Sophie toute désolée au bout de son lit.
– Tu en fais une tête, Sophie! Viens donc dormir avec moi.
– Ah ça non, répond Sophie boudeuse, j'ai perdu mes rubans et j'ai l'air d'un épouvantail. Je ne vais pas dormir avec une coiffure pareille!

– Bon, si personne ne veut dormir,
je ne dormirai pas non plus,
et puisque c’est comme ça,
je m’en vais!

Doucement, Marion ouvre la porte de sa chambre. D'en bas, elle entend le murmure de la conversation de papa et maman. A pas de loup, Marion s'aventure vers la chambre de ses parents.

Elle se dirige tout droit vers la grande armoire. Marion rêve d'essayer la nouvelle robe de maman. C'est une vraie parure de princesse.

Délicatement, Marion enfile la robe (en essayant de ne pas la froisser).
– C'est bien ce que je pensais, elle me va à ravir... Maintenant, passons au maquillage.

Encore un peu de rouge à lèvres... Cette fois, je serai aussi belle que maman.
Il faut que Sophie et Nounours voient ça.

Marion saisit les pans de sa robe et court vers sa chambre. Crac! « Aïe! » Dans sa hâte, elle a marché sur les lunettes de papa. Heureusement, elles ne sont pas cassées, juste un peu tordues. Marion les ramasse. Elle les arrangera dans sa chambre.

– Sophie! Nounours! Regardez! Comment trouvez-vous ma nouvelle robe?
Marion défile devant ses amis comme un vrai mannequin.
Mais Sophie et Nounours ont l'air bien occupés.

Marion se fâche :
– Alors c'est comme ça qu'on regarde mon défilé ? Monsieur bricole les lunettes de papa, mademoiselle barbote les rubans de maman, et pas un mot sur ma nouvelle toilette !
– Si, si, Marion, cela te va très bien. Tu es presque aussi belle que moi ! dit Sophie généreusement.
– Toc ! Toc ! Toc !
– Pssst ! Taisez-vous ! Quelqu'un frappe à la fenêtre.
Nounours met les lunettes de papa et tire le rideau.

– Ce n'est pas fini, ce boucan? Les deux corbeaux ont l'air furieux: on aimerait bien dormir en paix.

Les trois amis se regardent, gênés, Marion essaie d'expliquer:

– Le Marchand de sable n'est toujours pas passé et...

– Taratata, tout le monde au lit! On vous l'a déjà dit: il ne passera pas tant que vous n'êtes pas couchés!

Alors Marion mit sous son bras droit Sophie, sous son bras gauche Nounours, et tous trois bien enfoncés sous la couette attendirent sagement le Marchand de sable... qui passa juste au moment où les trois amis s'endormaient.